風になってください

視覚障がい者からのメッセージ

松永信也

法藏館

風になってください＊もくじ

装幀＝井上二三夫
扉写真＝高野寛之

序章
海に落ちる夕日
≪目が見えなくなって≫

何も見えなくなってもう五年かな。
大好きだったコスモスを初めて触《さわ》りました。
一気《いっき》に、真《ま》っ青《さお》な空とゆっくり揺《ゆ》れるコスモスが蘇《よみがえ》りました。
記憶《きおく》は朽《く》ちていくものなのかもしれないけれど、大切《たいせつ》にしたいと思います。

僕《ぼく》は一九五七年、鹿児島《かごしま》県の阿久根《あくね》市で生まれ育ちました。
家の裏《うら》には土手があり、その下は線路《せんろ》でした。鹿児島本線ですが、単線《たんせん》でまだSLが走っていました。線路脇《わき》に秋になると咲くやさしい花を「コスモス」と呼ぶことを知ったのは、随分後《ずいぶんのち》のことです。誰《だれ》が種《たね》を蒔《ま》くでもなく、肥料《ひりょう》を与《あた》えるでもなく、ふと秋になって気付くとそこにありました。白やピンクの可憐《かれん》な花が、吸い込まれそうな真っ青な空に揺れていました。多分、僕が子供で背《せ》が低かったか、土手の下から見てたかのどちらかでしょうが、おそらく前者《ぜんしゃ》でしょう。

ちなみに、阿久根市は東シナ海に面した人口やっとかっと三万の、半農半漁《はんのうはんぎょ》の町です。

でも、海は本当に美しく、おまけに落陽《らくよう》ときたら、海面に落ちる瞬間《しゅんかん》、ジュッと音が聞こえるんではないかと思ったほどです。

京都に住むようになって、何度か夕焼けがきれいと聞き、西の空を見上げたことがありましたが、いつもがっくりでした。それほど、子供の頃《ころ》見た落陽、夕焼けが美しかったということでしょう。勿論《もちろん》、これは単に地理的《ちりてき》な条件《じょうけん》によるものなのですが。

とにかく、美しい形や色に囲まれて少年時代を過ごせたことは幸せだったと思います。

見えなくなって、日常思うこと。例《たと》えば、電車の中でミニスカートの脚《あし》が見られなくなったこと、これはとても残念《ざんねん》です。

ただ目が見えないだけの普通《ふつう》の男だから当然《とうぜん》だと思います。

大好きな阪神《はんしん》の試合もやっぱり見られないと残念です。

映画《えいが》も好きだったし。シルクロードも見たかった。

失《な》くしたものを数えてもキリがありません。

でも、ある時、いつか神様《かみさま》が五分間だけ何か見せてくださるとしたらという問《と》いに、ふと出たのは、女性《じょせい》でも野球《やきゅう》でも映画でもなく、海に落ちる夕日でした。

妻《つま》の顔《かお》じゃないのかと知人《ちじん》に責《せ》められましたが。

先天盲《せんてんもう》*の友人に夢《ゆめ》を見るか尋《たず》ねたことがあります。はっきりと「見る」と答えました。

僕は半信半疑《はんしんはんぎ》でした。でも、ちゃんと話を聞いたら、やっぱり、確《たし》かに、夢でした。ただ、色や形という映像的《えいぞうてき》な概念《がいねん》がないだけで、そこには思い出があったり、物語《ものがたり》があったり、希望《きぼう》があったり。

また、知り合いのやっぱり先天盲のおばちゃんは、「好きな色はピンク」とはっきり言います。

僕が「見たことないのに、なぜピンクなの?」って聞いたら、昔、ピンクの服《ふく》を着てたとき「よく似合《にあ》う」って言われたからだそうです。勿論僕も「僕も貴方《あなた》にはピンクがとてもお似合いだと思いますよ」って笑顔《えがお》で返《かえ》しました。

見えないこと、それは決して楽しいことではありません。

個性《こせい》と言いたいのですが、そこまでの悟《さと》りもありません。

やっぱり悲《かな》しいことかもしれない。

でも、人間同士《にんげんどうし》の交《まじ》わりの中で、見えないことを忘《わす》れていることがあります。

見える人の目を借《か》りて、テレパシーみたいにして見ていることがあります。

先日見たコスモスは、つきつめれば、実際《じっさい》の映像とは異《こと》なるでしょう。

でも、それはどうでもいいことなのです。

あの日、あの時、僕は貴方達と同じ空間《くうかん》で、同じ空気を吸《す》って、コスモスを見たのですから。

＊　先天盲　生まれながらの視覚障《しかくしょう》がい者《しゃ》。

1章
なぜサングラスをかけてるの？
≪子供と語る≫

なぜサングラスをかけてるの？

僕《ぼく》は時々地域《ちいき》の小学校などへ出向いている。

小学校四年生の国語の教科書に点字《てんじ》の話が出てくることもあり、四年生の教室で話す機会《きかい》が圧倒的《あっとうてき》に多い。

十歳前後、人間がどんどん成長《せいちょう》していく、まさにそのど真《ま》ん中《なか》の子供達である。

様々な愛情に守られて発芽《はつが》した種《たね》が、少しずつ外気《がいき》にさらされながら、本葉を出すために目まぐるしい速さで成長していく年齢《ねんれい》のようにも思える。

このような時期《じき》に出会えること、コミュニケーションをとれるのは、とても有《あ》り難《がた》い。

ちなみに、僕が子供の頃《ころ》、まだ健常者《けんじょうしゃ》*をやっていた頃、障《しょう》がい者《しゃ》とコミュニケーションをとったことはなかった。

京都駅で迷子《まいご》になると、僕に援助《えんじょ》の声をかけてくれるのは外国人が多い。

いくら観光都市京都でも日本人が多いはずなのだが。
日本人がこのようなことが苦手《にがて》の理由、
おくゆかしいというような国民性だけではないように思える。
知り合った大人達《おとな》が、一番最初に援助の声をかける時に、
何かしら勇気《ゆうき》みたいなものを必要《ひつよう》としたこと、
断《ことわ》られたらどうしようと考えたことなどを、よく話してくれる。
子供の時に接《せっ》すること、本当に大切なことかもしれない。
学校に出向いて、子供達は最初は緊張《きんちょう》した声で僕に挨拶《あいさつ》をする。
こわばった顔の子もいるかもしれない。
同じように緊張感一杯《いっぱい》の担任《たんにん》の先生方も多い。
視覚《しかく》障がい者と初《はじ》めて接するという点では子供達と同じなのだから仕方がない。
そして、子供達が失礼な質問《しつもん》などをしたらお許《ゆる》しくださいと告《つ》げられる。
子供は口に出す、大人は飲《の》み込《こ》んでしまう、それだけの違《ちが》いである。
今日も時間とともに、まじえる言葉の量《りょう》も笑《わら》いの数も増《ふ》えていった。
そして、なぜ視覚障がい者はよくサングラスをかけているかという話題《わだい》になった。

最初《さいしょ》に手をあげた女の子が「カッコいいから」と言ったので、
「それは僕だけ」と答えた。
しばらくして、手をあげた男の子がすまなそうに、「見られたくないから」
それを合図《あいず》に、恥《は》ずかしいからとか、視覚障がい者の目印《めじるし》とか、
予定の答えが出揃《でそろ》った。
そこで、僕は白杖《はくじょう》で教室内を歩きながら、
杖《つえ》が地面《じめん》にあるものしかキャッチできない道具《どうぐ》であることを告げる。
道に飛び出した木の枝《えだ》やお店の看板《かんばん》には全《まった》く対応《たいおう》できないことを伝える。
「あたったら痛《いた》いなあ」とか、
「二本持って、地面と空中と確《たし》かめながら歩いたら」なんて提言《ていげん》も飛び出す。
君達がつくってくれる未来《みらい》が楽しみです。
それにしても、カッコいいと答えた女の子、なかなか男を見る目があって、
君の将来《しょうらい》も楽しみです。

＊　健常者　体に障がいのない人。

小さな手

チャリン、チャリン、コインが音をたてた。
同時に小学生ぐらいの女の子のか細い声がした。
「頑張《がんば》ってください」
僕《ぼく》はとてもうれしくなって右手を差《さ》し出した。
小さな手は、これまた恥《は》ずかしそうにそっと僕の手を握《にぎ》った。
僕は少しだけ力を込《こ》めて握り返した。
「ありがとう」
女の子は、今度はしっかりと力のある声で、
「ありがとう」と言って、少し強く僕の手を握り返した。
そして人込《ひとご》みの中へ消えていった。
僕達視覚障《しかくしょう》がい者《しゃ》の拠点《きょてん》、京都ライトハウスは建替《たてかえ》工事が完成し、
二〇〇四年四月に新装《しんそう》オープンする。

しかし建設資金《けんせつしきん》は不足している。
だから、僕達は様々な活動《かつどう》を行っている。
今日《きょう》もその一環《いっかん》として街頭募金《がいとうぼきん》活動を行ったのだ。
お金というものには、あまり綺麗《きれい》なイメージはない。
でも、この募金箱は違う。
募金箱の中のお金は美しくて輝《かがや》いている。
このご時世、お金で募金箱が一杯《いっぱい》になることは殆《ほとん》どないけれど、
善意《ぜんい》は箱の中には納《おさ》まり切れず、
箱からこぼれて、そこらへんを漂《ただよ》い、
僕達の心まで染《し》み渡《わた》って勇気《ゆうき》を与《あた》えてくれる。
前を向いて歩き続《つづ》ければ、
きっと未来は輝いてくれる。
小さな手が、またひとつ確信《かくしん》を与えてくれた。
ありがとう。
本当に、ありがとう。

飛行機雲

大阪へ向かう電車に乗った。
始発《しはつ》からの電車だったので、僕《ぼく》は安心して、
向かい合わせの四人掛《が》けのシートの窓側《まどがわ》に座《すわ》った。
大阪まで四十分ほどかかるので、白杖《はくじょう》は折りたたんでお尻《しり》の後ろに置《お》いた。
よくやる方法である。
いつでも取り出せるし、他人の邪魔《じゃま》にもならない。
三つ目の駅《えき》ぐらいで、親子連《おやこづ》れが乗ってきて四人掛けの残りの座席《ざせき》は埋《う》まった。
僕の隣《となり》がお母さん、前に子供二人であろうか。
年の離《はな》れていないお兄ちゃんと妹、小学校低学年《ていがくねん》ぐらいだろうか。
ひとしきりテレビの話をした後、子供達は雲を見つけた。
車窓《しゃそう》から見える空に、電車の形の雲があったらしい。
お兄ちゃんの発見を皮切りに、兄妹の大空への旅《たび》が始まった。

電車のあとは、犬、ウサギが出てきて、
テレビマンガの主人公らしきものも出てきた。
特大のキャンバスに青い絵の具を塗《ぬ》りつけて、
そこに白い絵の具でどんどん描いていくようだった。
僕はうれしくなって、時々空をそっと眺《なが》めたり、
つい、笑顔《えがお》がこぼれたり……。
気付いた妹が、
「おじちゃん、笑《わら》ってる」
お母さんは、「ごめんなさい」と僕に謝《あやま》った。
僕は「いえいえ」とさらっとかわした。
しばらくして、子供達は不思議《ふしぎ》な雲を見つけた。
一本の長い雲。
トイレットペーパーみたいだと笑い始めた。
僕はますますうれしくなった。
神様がウンチをしたというところで、母親のストップがかかった。

次の駅で降《お》りるらしい。
準備《じゅんび》を始めたお兄ちゃんに、僕は声をかけた。
「ありがとう。楽しかったよ。あれはね、飛行機雲《ひこうきぐも》って言うんだよ。
飛行機が飛んだ後《あと》にできるんだ」
子供達とお母さんは「ありがとう。さようなら」と言い残して降りて行った。
僕はしばらくとっても幸せな気持ちで空を眺めた。
人間は大人《おとな》になるにつれ、近くしか見なくなる。
どうしてなんだろう。
僕も子供の頃《ころ》、よく空を眺めた。
飽《あ》きることなく眺めていたような気がする。
そうそう、結局《けっきょく》あの家族は、
誰《だれ》も僕が見えない人間だということを気付かなかった。
それはそうだろう。
本人の僕が忘れていたんだから。

クリスマスブーツ

午前中の会議《かいぎ》を終えて、少し時間《じかん》を気にしながら、
これから向かう友人宅《ゆうじんたく》でのホームパーティのこと、その友人宅には、
幼稚園《ようちえん》ぐらいの子供がいること、今日《きょう》がクリスマスイブだということ、
僕《ぼく》はあれこれ考えながら地下鉄《ちかてつ》の駅《えき》から地上へ向かう階段《かいだん》を上《あ》がっていた。
もうすぐ地上というところで、
あの子にクリスマスブーツをプレゼントしようと思い立った。
でも、その駅は、僕は時々駅として利用するだけで、
その界隈《かいわい》のことは何もわからない。
近くにお菓子屋《かしや》さんがあるのか、しかもクリスマスブーツを置《お》いているのか、
時間はあまりない。
僕は階段を上がりきったところで、しばらくただボーッと佇《たたず》んでいた。
ふと、近くでカチッと携帯電話《けいたいでんわ》の蓋《ふた》を閉《し》める音がした。

突然《とつぜん》、僕はその方向に向かって話しかけた。

「すみません。僕は全然《ぜんぜん》目が見えません。これから、友人の家に行くのですが、そこの子供さんに、お菓子の詰《つ》まったクリスマスブーツを、プレゼントしたいんです。お手伝いしていただけませんか？」

しばらく沈黙《ちんもく》が流れた。

きっと驚《おどろ》いたのだろう、いや、僕自身も突然の自分の行動《こうどう》に驚いていた。

「今、待《ま》ち合わせをしてるので、少しだけ待ってもらえますか」

若い女性《じょせい》の声だった。

それから、また、少しの時間が流れた。

その間、彼女《かのじょ》のメールをうつ音だけが微《かす》かに聞こえていた。

しばらくして、彼がきた。

若い恋人《こいびと》達の待ち合わせだったのだ。

メールで状況《じょうきょう》は届《とど》けられていたらしく、
彼は快《こころよ》く僕のサポートを引き受けてくれた。

二人はどこの店《みせ》にクリスマスブーツが置いてあるかなどを相談《そうだん》しながら、

僕を手引《てび》き*して歩き始めた。
手引きは、初《はじ》めてのことで、決して上手《じょうず》だとは言えなかったが、
それでも、慎重《しんちょう》に気持ちを込《こ》めて歩いてくれた。
二人が案内《あんない》してくれた店にクリスマスブーツはあった。
見つけた喜《よろこ》びが、三人の間ではじけた。
二種類のクリスマスブーツを二人はそれぞれ僕に触《さわ》らせて、
大きさやイメージや、値段《ねだん》を僕に伝えた。
僕は大きい方を選《えら》んだ。
彼が精算《せいさん》に行ってる間、彼女は、
いつもはどうして買い物するかなどの質問《しつもん》を投げかけた。
僕は、場所さえ判《わか》れば、お店までは行けること、でも、入り口は判らないこと、
店内《てんない》では、店員さんにサポートしてもらうことなどを話した。
彼が帰ってきて、タクシー乗り場まで急いだ。
タクシーに乗る時、彼女は、
「きっと子供さん、喜びますよ」

と言いながら、僕にクリスマスブーツの入った袋《ふくろ》を手渡した。
僕が、お礼を言う間《ま》もなく、
「お手伝いできてうれしかったです」と彼が付け加えた。
僕が「ありがとう。貴方達《あなた》も素敵《すてき》なクリスマスを」と言った時、
タクシーのドアが閉まった。
人間っていいな。
やっぱり、人間っていいな。

＊　手引き　視覚障《しかくしょう》がい者《しゃ》の誘導《ゆうどう》方法。

2章
道先案内演奏会
≪白杖とともに≫

林檎

三十九歳で訓練《くんれん》を受け始めた頃《ころ》は、道路の白線《はくせん》が確認《かくにん》できた。
いわゆる弱視《じゃくし》の状態《じょうたい》だった。
一年間の訓練を終えて、しばらくしたら何も見えなくなった。
そういう意味では、僕《ぼく》が訓練を受けたタイミングはグッドだったと思う。
全盲《ぜんもう》になって五年、白杖《はくじょう》を折ったのが五回、
一年に一本のペースになる。
五回のうち、一回は駅《えき》でラッシュに人とぶつかった。
後の四回は自転車である。
自転車自体《じたい》、僕は好きだ。
高校時代は自転車通学だったし、
あの風をきってスイスイ走る気分《きぶん》はたまらない。
しかも、燃料《ねんりょう》はいらないし、排《はい》ガスも出ない。

地球に優《やさ》しい乗り物だ。
ただ、全盲となった今、その自転車は脅威《きょうい》の存在となった。
真横を通過《つうか》するまで、音がない。
基本的に音を頼《たよ》りに移動《いどう》する僕達視覚障《しかくしょう》がい者《しゃ》には恐怖《きょうふ》の乗り物だ。
しょっちゅうヒヤッとさせられる。
前もって確認できれば、その地点で一旦停止《いったんていし》して通過を待《ま》つのだが。
路上《ろじょう》に停《と》めてある自転車も困《こま》ったものだ。
杖先《つえさき》が車輪《しゃりん》に引っかかる。
すぐ倒れる。
違法駐輪地帯《いほうちゅうりんちたい》に入ってしまった時はもうお手上げ。
一番最初に白杖を折ったのは四条大宮《しじょうおおみや》の交差点《こうさてん》を渡ったところ、
前からくる自転車の車輪に杖先が入ったらしい。
一瞬《いっしゅん》の出来事《できごと》で何が起《お》きたか判《わか》らなかった。
気付いた時はもう自転車はいなかった。
そこから一歩も動けない状態《じょうたい》になった。

通行人がすぐ近くの交番《こうばん》に連れて行ってくれた。
おまわりさんは応急処置《おうきゅうしょち》で、
ガムテープで折れた箇所《かしょ》をグルグル巻《ま》きにしてくれた。
路面《ろめん》に触《ふ》れると心もとない感触《かんしょく》が伝わってきた。
こんなに簡単《かんたん》に折れるものかとショックだった。
そして、何も告《つ》げずに去った自転車にショックだった。
不思議《ふしぎ》と怒《いか》りはなかったが、不安定な白杖で帰宅《きたく》しながら、
悲《かな》しみがこみあげてきた。
しばらく外出を控《ひか》えようかとさえ思った。
結局《けっきょく》、一晩《ひとばん》寝《ね》たら忘《わす》れるタイプの僕は、
次の日からいつものように外に出た。
ありがたい性格《せいかく》である。
ただ、それ以来、
予備《よび》の折りたたみ式小型軽量《しきこがたけいりょう》白杖がいつもリュックサックに入っている。
白杖は法律的《ほうりつてき》には補装具《ほそうぐ》ということで視覚障がい者が希望《きぼう》すれば支給《しきゅう》される。

形状も直杖《ちょくじょう》、折りたたみ式、持ち手の曲がったものなどいろいろだ。きちんとした歩行訓練《ほこうくんれん》を受ければ、使い易《やす》い形状や長さなどは、必然的《ひつぜんてき》に決まってくる。

ただ、訓練を受ける人はとても少ないので、拘《こだ》わる人は少ない。

一度給付《きゅうふ》を受けると基本的には以後二年間は権利《けんり》がない。新品《しんぴん》の値段《ねだん》はだいたい五千円ぐらい、取り替《か》えるとなると結構痛《けっこういた》い。

今までの四人の内、二人はだまって立ち去った。

立ち去った人！　そんなに淋《さび》しい生き方ではいけませんよ。

駅《えき》でぶつかった人を含《ふく》めて三人はきちんと対応《たいおう》してくれた。

折れた時、僕はまず謝《あやま》る。

ひょっとしたら僕が自転車に突進《とっしん》して行ったのかもしれない。

見えなくて歩くなんて、そんなものである。

謝ったうえで、これは双方《そうほう》の不注意から起こったことであり、折れた杖の修理《しゅうり》にかかる半分は負担《ふたん》してくださいとお願《ねが》いする。修理不能《ふのう》で新品を手に入れる場合は五千円ほどかかることも伝える。

皆《みな》さん納得《なっとく》してくださった。
全額補償《ぜんがくほしょう》すると言われる方もいらっしゃるが、
それを安易《あんい》に受けてしまっては理屈《りくつ》が通らなくなる。
説明《せつめい》して理解していただく。
勿論《もちろん》、故意《こい》に折られたり、点字《てんじ》ブロックの移動《いどう》中にぶつかったりしたら、
それは折半《せっぱん》ではないと思っている。
一週間ほど前、家の近所で自転車とぶつかって、久《ひさ》し振《ぶ》りに折れた。
若い主婦《しゅふ》みたいであったが、慌《あわ》てふためいておられた。
声もこわばっていた。
僕も会議《かいぎ》の時間に遅《おく》れそうだったので、いつものように、
謝罪《しゃざい》・説明《せつめい》を終え名刺《めいし》を渡《わた》して立ち去った。
折れた白杖の修理費は千二百円だった。
数日して彼女《かのじょ》から電話があった。
お互いが再度《さいど》謝罪し、費用の半額《はんがく》負担を申し出た。
会話のやりとりが、どちらも怪我《けが》がなくてよかったという結論《けつろん》を生み出した。

コミュニケーションである。

待ち合わせ場所に彼女は先に待っていた。

六百円を受け取りながら、

「これから自転車で白杖を見かけたら、ベルを鳴らしたり、声をかけたりしてくださいね」と僕は笑いながら付け加えた。

彼女も笑いながら「そうします」って答えて、
それから僕に林檎《りんご》を二個手渡した。

「故郷《こきょう》が信州《しんしゅう》なんです」

今日近所《きんじょ》のスーパーに買い物に行ったら、
僕を見つけた彼女が声をかけてくれた。

僕はすぐに林檎の蜜《みつ》がとても甘かったことを告げた。

帰る道中で、いつかのどこかの小学校の児童《じどう》の質問を思い出した。

「見えなくなってよかったことってありますか？」

勿論その時も「君達は見えなかったら可哀想《かわいそう》って思うだろう、
でも、見えても見えなくても、人は生きていれば、悲しいこともあるけど楽しいこともいっぱいあるよ」って答えた。

人間ってやっぱりいいな。

音響信号

僕達《ぼくたち》が参加《さんか》しやすい社会と考えると、それは危険《きけん》である。

僕達も参加しやすい社会と考える方がベターである。

いい例が音響信号《おんきょうしんごう》だ。

確《たし》かに便利《べんり》ではある。

でも、安全ではない。

音響信号が教えてくれるのは青になったということと、だいたいの方向だ。

音に向かってまっすぐ歩くなんてそう簡単《かんたん》なことではない。

実際《じっさい》、日常の僕はたいがいどちらかにゆがんでしまう。

音響信号の音を察知《さっち》しながら、歩行者の足音や、

進入してくる車のエンジン音に気を配って、まっすぐ歩くなんて神業《かみわざ》だ。

僕達は視覚《しかく》に障《しょう》がいを持った普通《ふつう》の人間で、特別な能力《のうりょく》の持ち主ではないのだ。

音響があろうがなかろうが、横断《おうだん》歩道を渡《わた》る間だけでも、

誰かが肘《ひじ》を貸《か》してくださったら、それ以上の安全はないのだ。
それに、視覚障がい者のために、あるいは高齢者《こうれいしゃ》のためにという理由《りゆう》で、
日本中の信号に音響がついたら、うるさい国になるなあ。
ちなみに僕の地元の音響信号は、
夜七時から朝七時までは音が鳴《な》らないようになっている。
近所迷惑《めいわく》だからだろう。
僕のように遊び大好き人間にとっては夜七時なんてまだまだ……。
不謹慎《ふきんしん》って怒《おこ》られるかな。
京都の音響信号は南北がピヨピヨ、東西がカッコーの音が基本《きほん》になっていて、
よく方向を見失う僕達にとっては結構役《けっこうやく》に立っている。
ただ、ちょっと違《ちが》う土地に行ったら「通りゃんせ」が流れたりしていて困《こま》る。
こんなところだけ地方分権《ぶんけん》なのかなあ。
それに、設置《せっち》にかかる費用《ひよう》はどのくらいなんだろう。
当然税金《とうぜんぜいきん》が使われているはずだし。
やっぱり僕達が参加しやすい社会は危険である。

僕達も参加しやすい社会、
音響信号なんかなくても、
そこに暮《く》らす人々が気軽《きがる》にサポートしてくれる社会、
そっちの方がより未来形《みらいけい》だと思うんだけれど。
誤解《ごかい》のないように、
音響信号を否定《ひてい》しているわけではありません。
毎日恩恵《おんけい》にあずかってますから。
ただ、あれで安全と思われると困るものですから。

エスカレーター

駅《えき》やデパートなどで、すぐ傍《かたわ》らにエスカレーターがあるのに、遠い場所にあるエレベーターまで連《つ》れていかれることがよくある。見えないと危険《きけん》だと判断《はんだん》されるらしい。

単独《たんどく》で行動することの多い僕《ぼく》は、好《この》んでエスカレーターを利用《りよう》している。

白杖《はくじょう》をつきながら、エスカレーターに近づくと、音が金属《きんぞく》の床《ゆか》を教えてくれる。

そこでエスカレーターの壁《かべ》を杖先《つえさき》で確認《かくにん》して、その上に手を触《ふ》れると動く手すりがある。

手すりを握《にぎ》ると、つられて足も動く。

黄色《きいろ》い線を踏《ふ》まないようにとのアナウンスは流れるが、少しずつ盛《も》り上《あ》がる段差《だんさ》は、足の裏《うら》で確認できる。

ずれていたら、前後に少し移動《いどう》すればいいだけだ。

手すりを握る手は、わざと前方に置《お》いておく。

終わりが近くなったことを、いち早く察知《さっち》するためだ。
片方《かたほう》の手で持った白杖は身体の前で床面に着けておく。
一番最後にコツンと当たった場所が終了《しゅうりょう》地点である。
手すりから手を離《はな》して、足を踏み出す。
まったく何の問題もない。
エスカレーターを避《さ》けて、階段《かいだん》に連れていかれることもある。
でも、これは考え様《よう》、どうしても僕達は運動不足。
健康《けんこう》作りのチャンスと思うことにしている。
特別に鍛錬《たんれん》を望《のぞ》んでいるんじゃありません。
エスカレーターは見えなくても乗れますよって話。
でも、きっと苦手《にがて》の方もいらっしゃるだろうから、
選択《せんたく》させてくださったら有《あ》り難《がた》いです。
そういえば、ロンドンの地下鉄の駅で、
手すりにお尻《しり》を乗せて滑《すべ》り降《お》りていった不良少年、かっこよかったなあ。
でも、あれは僕には無理《むり》です。

大晦日の夜の仕事

大晦日《おおみそか》の夜、コタツに入って、今年最後の仕事をする。
白杖《はくじょう》を心を込めて拭《ふ》く。
いや、磨《みが》くと言った方が妥当《だとう》かもしれない。
ふと、清《きよ》らかな優《やさ》しい気持ちになっている自分に気付く。
見えなくなって、一番最初《さいしょ》に手にした時、
確かに白杖は忌《い》まわしい悲しい道具だった。
歩行訓練《ほこうくんれん》が進み、白杖をついて街《まち》に出る度《たび》、不思議《ふしぎ》な感覚《かんかく》になった。
確かに歩行技術《ぎじゅつ》は向上していくのに、素直《すなお》には喜べなかった。
僕自身《ぼくじしん》の中のＤＮＡ自体《じたい》がこの道具を拒否《きょひ》しているんじゃないかとさえ思った。
そして、それは僕だけじゃなくて、
仲間達も多かれ少なかれ、同じ思いを抱《だ》いたようだ。
家の近所では使わないとか。

その点、盲導犬《もうどうけん》ではそんな話は聞いたことがない。
どちらも視覚障《しかくしょう》がい者《しゃ》の歩行手段《しゅだん》に違《ちが》いはないいんだけど。
しかし、時間、人間の心の変化とは不思議なものである。
実際《じっさい》、二〇〇二年の大晦日の夜も、
僕は笑顔《えがお》で白杖を拭いた。
「ありがとう」という思いが湧《わ》き出てきた。
日常《にちじょう》使っている他の道具にこんなに感謝《かんしゃ》の気持ちが湧くことはない。
最初の頃《ころ》のあの気持ちは何だったんだろう。
白杖は僕の行く道を教えてくれる。
段差《だんさ》や階段《かいだん》、その他の障害物、
確実《かくじつ》に僕に教えてくれる。
道行く人達に、僕が目が不自由であることを知らせてくれる、
素晴《すば》らしい道具である。
ありがとう、白杖、来年も頼《たの》むよ。
一緒《いっしょ》にいろんな所へ出かけようね。

新しい白杖

新しい白杖《はくじょう》を給付《きゅうふ》してもらった。
ライトハウス職員《しょくいん》のアドバイスで、今までのより五センチ長いのにした。
この長さというのは結構重要《けっこうじゅうよう》なポイントだ。
身長の胸《むね》ぐらいの長さ、
おへその前で、まっすぐ伸《の》ばして、
三歩ぐらい前を確認《かくにん》できる長さがベストなのだ。
長すぎても歩きにくいし、短かったら背筋《せすじ》が曲がる。
背中をまっすぐ伸ばして、
リズミカルにさっそうとついて歩きたいと思っているんだけど。
ナイロン袋《ぶくろ》から出した瞬間《しゅんかん》、新しいゴムの匂《にお》いがした。
柄《え》のゴムの匂いだ。
ふと、子供の頃《ころ》の靴《くつ》を思い出した。

遠足の数日前に買《か》ってもらったんだったかな。
ボロボロになって、足の指《ゆび》が飛《と》び出しそうになって。
底《そこ》もだいぶすりへって。
そんな時の新しい靴、うれしかったなあ。
箱《はこ》から出して、遠足までに何度も家の中で履《は》いたっけ。
まっさらの白杖を持って、あの時と同じ思いになっている。
折りたたみ式の白杖を、部屋《へや》の中で組み立てて持ってみる。
今まで使っていたのは、何度も修理《しゅうり》して、
ぶつかって曲がって、
先っぽの部分もすりへって、何度か交換《こうかん》した。
先っぽには合成樹脂《ごうせいじゅし》でできたようなものをはめて使うのだ。
明日から使おうかなという気持ちを雨が抑《おさ》える。
今度晴《は》れた日から使おうか。
遠足よりもずっとずっと長い距離《きょり》を一緒《いっしょ》に歩くんだもの。

道先案内演奏会

帰宅《きたく》が遅《おそ》くなった。
バスを降《お》りて、いつもの道を歩き始める。
バスの進行方向に進み、
しばらく歩いたところの路面《ろめん》が、少し盛《も》り上《あ》がっている。
そこをキャッチしたら、膝丈《ひざたけ》ぐらいの植え込《こ》みの側壁《そくへき》をたどれば、
団地《だんち》の入り口を見つけられる。
団地内は勘《かん》で歩く。
途中《とちゅう》、道がゆるやかにカーブしている。
ここが最大の難所《なんしょ》だ。
道はカーブしながら下《くだ》っているので、この下りの感覚《かんかく》を利用している。
しかし、このアバウトな感覚できちんと歩くのは難《むずか》しい。
ところが、この季節《きせつ》はとても歩きやすいのだ。

道の両側で虫さん達が演奏会《えんそうかい》をやってくれている。
まるで夜の空港《くうこう》の滑走路《かっそうろ》のライトのように、僕《ぼく》の歩く道を教えてくれている。
オーケストラを聞きながらの帰宅だ。
僕の杖音《つえおと》もオーケストラの一員になれるようにリズミカルに合わせる。
そんな余裕《よゆう》さえ感じられるくらいに進行方向がわかる。
秋がくれる道先案内《あんない》だ。
どうですか、虫さん達、僕の音楽センスは。

白杖の先で落葉のコンツェルト

バス停《てい》まで歩く道のあちこちで落葉《おちば》が杖先《つえさき》にあたる。
カサカサ、ガサガサ。
ベンチに腰掛《こしか》けてバスを待つ間、
北風の音が聞こえる。
路面《ろめん》を枯れ葉がカラカラコロコロ駆《か》け抜《ぬ》けていく。
フッと空を見上げる。
透《す》き通るような、吸《す》い込《こ》まれそうなブルースカイ。
勿論《もちろん》、画像《がぞう》はない。
でも、人間の脳《のう》は有《あ》り難《がた》いものである。
想像《そうぞう》することを知っている。
創造《そうぞう》することができる。
深呼吸《しんこきゅう》をして、それから風の匂《にお》いをかいでみる。

確かに季節《きせつ》によって、空気には匂いがある。
厳密《げんみつ》には自信がないが、
とりわけ冬の匂いはよくわかる。
空気の匂い、花の香り、店先の商品《しょうひん》の匂い、
すべてが今の僕《ぼく》には大切な情報源《じょうほうげん》だ。
勿論、音も。
バス待ちの間のちょっとの時間の落葉のコンツェルト。
ありがとう、落葉達。
バスのエンジン音が近づいてきた。
さあ、今日も出発。

3章
さりげなく
≪ことば≫

目くらさん

いつものようにバスに乗った。
まだ、手すりを摑《つか》まないうちにバスは発車した。
僕《ぼく》は慌《あわ》てて、よろけながら摑む場所を探《さが》した。
その時、白杖《はくじょう》が何かにあたった。
すみませんと言って、手は空中《くうちゅう》をさまよった。
何とかつり革《かわ》をキャッチして落ち着いた。
落ち着いたところで、再度《さいど》さっき白杖にあたったものを確認《かくにん》しようとしたが、
さっぱり判《わか》らない。
反応《はんのう》からして、他人の迷惑《めいわく》にはなってないみたいだと解釈《かいしゃく》して、
つり革を持ったまま前方移動《いどう》を開始した。
数歩動いた時、先ほどの場所から、数人の女性《じょせい》の突然《とつぜん》の笑《わら》い声が起《お》こった。
「びっくりしたなあ」

「ほんまに見えてへんのかなあ」
どうやら、白杖は、彼女達《かのじょ》か、彼女達の持ち物にあたったらしい。
息を殺《ころ》して、見ていたのだろう。
このぐらいでは、挫《くじ》けない。
このぐらいで挫けていたら、社会参加なんてとんでもない。
この状況《じょうきょう》を変えるために、僕は毎日出かけるのだとさえ思っている。
僕のうしろに続く視覚障《しかくしょう》がい者《しゃ》のために、
今よりはもうちょっとましな社会を残《のこ》す使命感《しめいかん》みたいなものがある。
決して、片意地《かたいじ》をはらない、穏《おだ》やかな気持ちが生み出しているところからして、
本気なんだと思う。
そんなことを考えていたら、突然老人《とつぜんろうじん》の手が僕を引《ひ》っ張《ぱ》った。
「目くらさん、こっちがあいてるよ」
暖《あたた》かなぬくもりのある声だった。
「目くらさん」　それは、差別用語《さべつようご》として、姿《すがた》を消しつつある。
でも、少なくとも、今日《きょう》の僕には、

それは、人のぬくもりのする、血の流れた言葉だった。
冷《ひ》やかな無言《むごん》が進行していることの社会は、
いったいどこへ向かっているのだろう。
考えさせられたバスだった。

こっち、そっち、あっち、どっち？

バスがきた。

ドアが開いた。

音声の行き先案内《あんない》を聞《き》きながら、身体《からだ》は動き始《はじ》めている。

聞き終わってから動けば、ワンテンポ遅《おく》れる。

運転手《うんてんしゅ》さんによっては、乗る気がないと判断《はんだん》されるらしく、すぐにドアが閉《と》じられることもある。

一時間に一本しかないような路線《ろせん》の場合、聞いてる間にこの判断をされたら最悪《さいあく》だ。

いかにも乗るふり、仕方なく編《あ》み出した手段《しゅだん》だ。

聞き終わった時点で違《ちが》うバスだったら後《あと》ずさり。

勿論《もちろん》、近くに見える人がいたら、尋《たず》ねることにしている。

そのほうがリスクが少ない。

今日《きょう》もあるバスに乗るために、この動作を四度繰《く》り返した。

五台目に目的のバスがきたことになる。

今日はついてる日で、
四台中二台の運転手さんは、わざわざマイクで行き先を確認《かくにん》してくださった。

ステップを確認しながらバスに乗る。

手を上に挙《あ》げてつり革《かわ》、取っ手を探《さが》す。

確認できたら、取っ手を握《にぎ》った姿勢《しせい》で降車口《こうしゃぐち》の方へ移動、
満席《まんせき》の雰囲気《ふんいき》ではない。

移動中に声が飛《と》んできた。

「あっちが空《あ》いてるで」

「ありがとうございます。あっちって前ですか?」

「そこ、そこ」という返事《へんじ》が返ってくる。

それらしき方向を指差《ゆびさ》して、

「こっちですか?」

するといきなり、後ろからリュックを引《ひ》っ張《ぱ》られて、見当違《けんとうちが》いの方向へ、

「ここ」
それでも僕《ぼく》は「ありがとうございます」
やっぱり座《すわ》れた方がいいに決まってる。
でもね、
ここ、そこ、あそこ、どこ？
これ、それ、あれ、どれ？
こっち、そっち、あっち、どっち？
座席《ざせき》の背もたれさえ触《さわ》らせてくださったら、
簡単《かんたん》に座れるんだけどな。
理解《りかい》してもらうって難《むずか》しい。
難しいから大切なこと、
明日も爽《さわ》やかに街《まち》に出かけなくっちゃ。

空いてる席

バスや電車の利用は僕達《ぼくたち》には難関《なんかん》のひとつだ。
外出《がいしゅつ》の際《さい》、白杖《はくじょう》や盲導犬《もうどうけん》のハーネス*を手から離《はな》すわけにはいかない。
ということは、常《つね》に片手《かたて》状態《じょうたい》なのである。
もう片方の手の自由を確保《かくほ》するために、
荷物《にもつ》はリュックサックで背負《せお》う人が多い。
そして、平衡感覚《へいこうかんかく》が視覚《しかく》によって影響《えいきょう》を受けることはあまり知られていない。
僕はあちこちで講演《こうえん》したりする機会《きかい》が多いのだが、
会場や時間の都合《つごう》で必ずとは言えないが、
できるだけこの平衡感覚実験《じっけん》をする。
まず、ただ普通《ふつう》に片足立ちを一分間やってもらう。
だいたい七割《わり》から九割が合格《ごうかく》だ。
ある小学校のクラスでは全員クリアということもあった。

次に、目を閉《と》じて同じことをやってもらう。
十秒もしないうちにバタバタと音がし始める。
一割もできれば上出来《じょうでき》だ。
大袈裟《おおげさ》に言えば、歩くとは、片足立ちの連続《れんぞく》した行動である。
不安定なのが当然なのだ。
僕は幸い一割にはいるタイプだった。
たまたまそうだったのである。
その僕も、時々、歩きながら、身体《からだ》が左右に揺《ゆ》れていることに気付く。
だから、バスや電車に乗ると、まず真っ先につり革《かわ》を探《さが》す。
発車するまでに、とにかく何か摑《つか》みたい。
それから移動《いどう》を始める。
座《すわ》りたい。
安全確保《かくほ》のためには、それが一番に決《き》まっている。
でも、どこの席が空《あ》いてるかは判《わか》らない。
それは視覚で得《え》られる情報《じょうほう》だ。

「どこが空いてますか？」と、

声を出せばいいと、言われることもある。

でも、ひょっとして、高齢《こうれい》の方の前で言ってしまうかもしれないし、

足の不自由な方に声が向かう危険性《きけんせい》もある。

これまた、視覚によってもたらされる情報なのである。

声を出すタイミングも難《むずか》しい。

以前、僕は自分の耳と勘《かん》を信じて座ってた。

成功《せいこう》してた。

ところが、ある日、おばあちゃんの膝《ひざ》に座ってしまった。

おばあちゃんは、素《す》っ頓狂《とんきょう》な声をあげた。

僕はひたすら謝《あやま》った。

申《もう》し訳《わけ》なくて、恥《は》ずかしくて、全身から汗《あせ》が噴《ふ》き出た。

予定を急遽変更《きゅうきょへんこう》して、

次のバス停《てい》で降《お》りた。

その時から、乗り合わせた優《やさ》しい乗客からの音声案内《おんせいあんない》がない限《かぎ》り立っている。

座れるか、座れないかは運の問題《もんだい》となった。
朝から座れたりしたら、ついつい今日《きょう》はついてる日なんて思ってしまう。
ついてない日が多いんだなあ。
一日何回もバスや電車に乗って、一日中立ちっぱなしなんてしょっちゅうである。
優先座席《ゆうせんざせき》、シルバーシート、全て目から入ってくる情報だ。
つい最近、女性専用車両《じょせいせんようしゃりょう》が登場《とうじょう》したらしい。
これもドアなどにシールが貼《は》ってあるのかな。
今度は、乗り込んだだけで、
素っ頓狂な、いや悲鳴《ひめい》でもあげられたら、
ああ、恐《こわ》い、恐い。

＊　ハーネス　盲導犬につける胴輪。盲導犬のシンボルであり、利用者はハーネスの取っ手を持って、ここから犬の動きをよみとる。

外国人

街《まち》はもう眠《ねむ》り始めているのに、
最終《さいしゅう》バスに乗り継《つ》ぎできるその電車は、
結構《けっこう》な数の人をプラットホームに吐《は》き出した。
皆《みな》が足早《あしばや》に、改札口《かいさつぐち》へ繋《つな》がる階段《かいだん》に向かって歩き出した。
僕《ぼく》もバスに乗り遅《おく》れないように点字《てんじ》ブロックの上を白杖《はくじょう》で探《さぐ》りながら、
足音の向かう方へ急いだ。
幾《いく》つも足音が僕を追い越《こ》して行った。
一歩先の安全を確認《かくにん》しながらの僕はスピードは出せない。
足音は僕をどんどん追い越して、そして遠ざかって行った。
それはもう、僕にとってはあたりまえの日常《にちじょう》になっている。
何の疑問《ぎもん》もなく、希望《きぼう》もなく。
「お手伝いしましょうか？」

突然《とつぜん》声が聞こえた。

こんな夜中にこの場所で、僕の方が驚《おどろ》いた。

彼は、僕に肘《ひじ》を貸《か》すと、後は殆《ほとん》ど無言《むごん》だった。

ただ、階段の時だけ、その旨《むね》僕に伝えた。

サポートは慣《な》れているらしく、動きはとてもスムーズだった。

改札口を出たところで、僕はお礼《れい》を言い、

「すみませんが、バス停《てい》の場所も教えていただけませんか」

と付け加えた。

返ってきた返事で僕はやっと気付いた。

たどたどしい日本語だった。

「すみません。わかりません。僕は外国人です。旅行《りょこう》です」

僕は、その紳士《しんし》に再度《さいど》お礼を言った。

「サンキュー。ありがとうございます」

そして、恥《は》ずかしさが込《こ》み上げてきた。

なぜか込み上げてきた。

自《みずか》らを先進諸国《しょこく》の一員と言い切るこの国は、

彼にはどう映《うつ》っているのだろう。

彼は帰国《きこく》して、日本はどんな国だったと家族や友人に伝えるのだろう。

バス停に向かう点字ブロックの上を歩きながら、ふと心の中で呟《つぶや》いた。

「でも、日本はとても素敵《すてき》な国なんですよ。本当は」

あんな人達

音楽は好《す》きだ。視覚《しかく》を失っても、十分《じゅうぶん》楽しめるもののひとつだ。
いろいろな楽器《がっき》をたしなむ視覚障害者《しょうがいしゃ》も多い。
新垣勉《あらがきつとむ》のコンサートに出かけた。
彼は沖縄《おきなわ》出身で、駐留米軍兵士《ちゅうりゅうべいぐんへいし》と沖縄女性《じょせい》との間に生まれ、
わずか一歳で失明《しつめい》、両親にも捨てられて、祖母《そぼ》に育てられた。
すさまじい人生を生き抜《ぬ》いてきた彼の歌声は不思議《ふしぎ》と澄《す》み切っている。
一度聴《き》いただけで好きになった。
Ｓ席五千五百円は、僕《ぼく》には少し決心がいったが、
奮発《ふんぱつ》して出かけた。
会場のＮＨＫ大阪ホールは熱気《ねっき》に満《み》ちていた。
自然《しぜん》と僕の胸《むね》も高まり始めた。
会場を移動《いどう》する僕の耳に、突然《とつぜん》女性の話し声が飛《と》び込《こ》んできた。

「あんな人達も来てるのね」
間違《まちが》いなく僕に向けられた声だった。
瞬間的《しゅんかんてき》に、その辺《へん》の空気が凍《こお》りつき、沢山《たくさん》の視線《しせん》が僕をつらぬいた。
僕は白杖《はくじょう》を握《にぎ》る手に少し力が入ったが、何事《なにごと》もないように歩いた。
今日を楽しみに来られた、大多数の普通《ふつう》の人達の思い出が汚《よご》れないように。
人は時々、無意識《むいしき》に他人を傷《きず》つけてしまうことがある。
何気ない一言《ひとこと》。
僕もどこかで誰《だれ》かに、きっとあるだろう。
言葉ほど優《やさ》しくて恐《こわ》いものはない。
「あんな人達にならないように」
そう自分に言い聞かせながら席《せき》に着《つ》いた。
新垣勉の歌う讃美歌《さんびか》が心の奥《おく》まで染《し》み渡《わた》った。
視覚障がい者に限《かぎ》らず、好んで障がい者になる人なんていません。
大切なことは、少なくとも、同じ音楽を共有《きょうゆう》しているということ、
同じ生き物だということだと思います。

暖かい文字

一般《いっぱん》の文字のことを、僕達《ぼくたち》は墨字《すみじ》と呼ぶ。
点字《てんじ》の対語《ついご》である。
今年届いた年賀状《ねんがじょう》、墨字と点字が半々ぐらいだった。
点字はすぐに自分で読める。
墨字は誰《だれ》かに読んでもらう。
ある友人からの年賀状は点字で書かれていた。
友人といっても、彼女《かのじょ》との出会いは、
視覚障《しかくしょう》がい者《しゃ》とボランティアという関係《かんけい》だった。
時間の流れは、時として境界線《きょうかいせん》をなくしてしまう。
同じ星に生まれ、同じ国に育ち、お互《たが》いが生きていることを認《みと》め合う、
人間だけが創造《そうぞう》できる素敵《すてき》な関係だ。
こうなれば、見えるとか見えないとかは殆《ほとん》ど問題《もんだい》ではなくなってしまう。

やっぱり障害という単語《たんご》は、状態《じょうたい》を表すのではなくて、関係を表すものなんだと僕はついつい思ってしまう。

彼女は両親の介護《かいご》などで、非常《ひじょう》に多忙《たぼう》なのは知っている。

その中で、見つけ出した貴重《きちょう》な時間を僕達にプレゼントしてくれる。

ボランティアという言葉は、まだまだ日本では慈善《じぜん》や奉仕《ほうし》などのイメージが強く、特別《とくべつ》なことに思われがちだが、現実《げんじつ》に活動《かつどう》している人々は、全くの普通《ふつう》の人が多い。

逆《ぎゃく》に、時間にもお金にも余裕《よゆう》があるという感じの人の方が少ないかもしれない。

こんなことを書けば、

「馬鹿《ばか》にしないでよ」って笑顔《えがお》の抗議《こうぎ》を受けそうだが。

彼女は朗読《ろうどく》が専門分野《せんもんぶんや》と思っていたので、
まさか点字を書けるとは思ってもみなかった。

点字に慣《な》れない人達が点字を書くというのは、墨字に比べて、数倍の労力《ろうりょく》と時間を要する。

新年の祝辞《しゅくじ》が人差し指から伝わってくる。

真心《まごころ》が伝わってくる。
目の見えない人達が生み出したこの文字は、
暖《あたた》かさも伝えてくれる不思議《ふしぎ》な文字だ。
大切な人に、大切な言葉を贈《おく》る時、是非《ぜひ》使ってみてください。

ささやかな幸福感

阪急烏丸《はんきゅうからすま》駅と地下鉄四条《しじょう》駅の乗り換《か》えはしょっちゅうある。
阪急桂《かつら》駅を出発する時は、後部車両に乗車する。
そうすれば、烏丸で降《お》りた時、近くにエスカレーターか階段《かいだん》がある。
近くというのは、あくまでも近くで、
白杖《はくじょう》でキャッチできなければ、確認《かくにん》はできない。
目というものは便利《べんり》なもので、ある程度遠方《ていどえんぽう》での情報《じょうほう》をキャッチしてくれる。
見えなくなってから、幾度《いくど》わずか三十センチに泣かされたことか。
目的《もくてき》のお店《みせ》の入り口に立って、通行人に、
お店の入り口はどこですかと尋《たず》ねたことは数えきれない。
あと三十センチ踏《ふ》み込《こ》んでおけばクリアできていたのだ。
ただ、駅のホームでの移動《いどう》は大きなリスクを伴《ともな》うので無理はしない。
足音に向かってどんどん声を出す。

見えなくなった最初の頃《ころ》は、この声を出す作業《さぎょう》にかなりの勇気《ゆうき》がいったし、声も小さかった。

見えてる頃の普通《ふつう》の感覚《かんかく》で「すみません」から始めれば、どんどん足音は通り過《す》ぎることも学習した。

的確《てきかく》に要求《ようきゅう》だけを伝えるのが最良《さいりょう》の方法である。

「階段は右ですか？　左ですか？」

時々、あっちという答えが返ってきて苦笑《くしょう》してしまうこともあるが、一度足を止めてもらえさえすれば、後はなんとかなる。

すみませんは言わないが、最後に必《かなら》ず、

「ありがとうございました。助かりました」

という感謝《かんしゃ》の言葉は伝えるようにしている。

人に何か借《か》りたら、お礼《れい》を言うのはあたりまえ、ちょっと目を借りたのだから、あたりまえである。

うまくいけば、肘《ひじ》まで借りられることもあるのだ。

借用書《しゃくようしょ》もないし、謝金《しゃきん》も発生《はっせい》しない。

どんな顔の人かも知らないし、
お互《たが》いの人生の中で、たった一度きりの交差《こうさ》かもしれない。
そう考えると、人間って素晴《すば》らしい。
こんな関係《かんけい》を持てる動物は他には存在《そんざい》しないだろう。
声を出すのは勇気もいるし、無視《むし》されて立ち尽《つ》くすこともしばしばだが、
幸せと同じで、
失《な》くしたものを数えるより、わずかでも立ち止まってくださった人のいたことに、
感謝する方が、やっぱり幸せだと思う。
今日の女性《じょせい》は、肘まで貸してくださり、
おまけに、阪急の改札《かいさつ》を出て、地下鉄の改札まで手引きしてくださった。
「お気をつけて」
背中越《せなかご》しに届いた彼女《かのじょ》の最後の声は、
立ち止まった時の少し不安そうな感じではなく、
堂々《どうどう》と満足感《まんぞくかん》みたいなものが溢《あふ》れていた。
困《こま》っている人を助けるという行為《こうい》は、

助けられた人だけでなく、
助けた人にも幸福感を感じさせる行為なのかもしれない。
ささやかな幸福感、つつましく満《み》ちてきて大好きである。

さりげなく

駅《えき》の改札《かいさつ》のすぐ横に、
僕《ぼく》の大好きな喫茶店《きっさてん》がある。
カウンターだけのコーヒースタンド。
僕達、白杖《はくじょう》使用者が最も神経《しんけい》を使う場所、
それは、横断歩道《おうだんほどう》と駅のホームだ。
どちらも一瞬《いっしゅん》の判断《はんだん》ミスは事故《じこ》につながる。
だから、どんなに疲れていても、その地点では緊張感《きんちょうかん》のレベルを最大にあげる。
その通過点《つうかてん》の近くに、
ほっと安らぐ空間を見つけたのは幸運《こううん》だったのかもしれない。
駅の改札を出て、喫茶店の入り口付近《ふきん》に近づいた頃《ころ》、僕は前を手で探《さぐ》る。
手がガラスに触《ふ》れてから、左右に少し動かすと、
自動《じどう》ドアのボタンをキャッチできる。

中に入ると、すぐ前を指差《ゆびさ》す。

「空《あ》いてますか？」

殆《ほとん》ど同時に、もうちょっと左や右などの誘導《ゆうどう》の声が聞こえる。

何の問題《もんだい》もなく、席に座《すわ》る。

この問題というのは、

僕自身が無理をせず、

他のお客様にも迷惑《めいわく》をかけずという意味である。

「ホットコーヒーください」

僕はよくコーヒーを飲む。

かといって、所謂通《いわゆるつう》でもない。

しばらくすると、コーヒーが出てくる。

「灰皿《はいざら》横に置《お》きました」

かすかに、灰皿を置く音がする。

そっと置かれても、探《さが》さなくちゃいけない。

大きな音で置かれても、あまりいい気はしないだろう。

僕に場所を伝えるための一番いいボリュームだ。
コーヒーを一口、二口。
それから、煙草《たばこ》に火をつけて、深く吸《す》い込《こ》む。
最近世間《せけん》で肩身《かたみ》の狭《せま》い思いをしている愛煙家《あいえんか》の一人だ。
店内には、これも程《ほど》よい大きさでBGMが流れている。
ポップス系の穏《おだ》やかな音楽。
カウンターなので、
一人のお客様の中には、
店員さんと会話をかわす方も結構《けっこう》いらっしゃるが、
僕はいつも黙《だま》りこんだまま時を過《す》ごす。
安らぎの時、無言《むごん》に勝《まさ》る言葉は存在《そんざい》しないと思っている。
ただ、ボーッと、時に身をゆだねる。
至福《しふく》のひとときが流れる。
「ご馳走《ちそう》さまでした」
静かに席《せき》をたつ。

背中から「ありがとうございました」の言葉が追《お》いかけてくる。
さりげなく。

4章
キンモクセイ
≪季節のかおり≫

花束

冬の冷《つめ》たい雨の朝、学校へ向かった。
ＰＴＡ関連《かんれん》の講演《こうえん》に呼《よ》ばれてである。
そこの学校長と初《はじ》めて会ったのは数年前。
子供の頃《ころ》から視覚障《しかくしょう》がい者《しゃ》と接《せっ》した経験《けいけん》を持っていて、
僕《ぼく》とのコミュニケーションもとてもスムーズだった。
校庭《こうてい》の桜《さくら》に小さな実がなったと僕の手の平に載《の》せてくれた。
ということは、あれは春の終わり頃だったんだろう。
それから、毎年会っている。
今回、帰り際《ぎわ》、これ荷物《にもつ》になるけどって言いながら、
小さな籠《かご》の花束《はなたば》を僕に手渡《てわた》した。
まるで、それを僕に伝えるのがうれしそうに、
僕の手の動きに合わせて解説《かいせつ》が入る。

それが、黄色《きいろ》いチューリップ、
それはピンクのスイートピー。
すかさず、僕が、これはかすみ草でしょ。
横から花に詳《くわ》しい方が、
その小さな赤いのが、アメリカン……。
短い時間だったけど、その場は伝え合う喜《よろこ》びに溢《あふ》れた。
ヘレンケラーとサリバン先生の間にも、こんな楽しい一時《ひととき》があったに違《ちが》いない。
時々、見えない人に色の話をしていいんだろうかなんて声も聞く。
日本人ゆえのおくゆかしさだろうか。
視覚障がいは情報《じょうほう》障がいだとも言われる。
それは、そうだろう。
ある科学者《かがくしゃ》の調査《ちょうさ》では、情報の八割《わり》は目から入るらしい。
情報さえ入れば、
僕達も同じように感じられる。
楽しむ方法が増《ふ》える。

思い出も鮮《あざ》やかになる。

そうそう、籠の中には香《かお》りのやさしい花もあった。

きっと花屋さんにお願《ねが》いしたんだろう。

右手に白杖を持ち、左手に早春を抱《かか》え、

懐《ふところ》には思い出をしのばせて、学校を後《あと》にした。

春告雨

午後からの雨が、深夜《しんや》になっても降《ふ》り続いている。
記憶《きおく》のなかで、雨はいくつかの思い出のエッセンスになっている。
鹿児島《かごしま》で生まれ育った僕《ぼく》は、
夏になるとよく夕立《ゆうだち》を経験《けいけん》した。
南国《なんごく》の夕立はまるでスコールのように、
激《はげ》しく、そして駆《か》け抜《ぬ》けていく。
少年の頃《ころ》はそのスコールシャワーが大好きだった。
高校生の頃の思い出、わざと傘《かさ》をささずに歩いたりしたっけ。
雨が何もかもを洗い流してくれるような気がした。
大人《おとな》になって、
どしゃぶりの日にそっと傘に入れてくれた名前も知らない人、うれしかったなあ。
京都の雨。

祇園祭《ぎおんまつり》の頃の雷雨《らいう》は夏を運んでくる、風物詩《ふうぶつし》だ。
でも、僕が京都で好きな雨、
冬の終わる頃にしとしとと降る雨。
確かにまだ少し冷たい雨ではあるけれど、
大地《だいち》に春のエネルギーを注《そそ》いでいるのが感じられる。
今夜の雨も空からのプレゼント。
木も草も、ミミズもアリンコも、全《すべ》ての命が、
きっと喜《よろこ》んでいるだろう。

見えなくなって、
雨の日の外出は大変になった。
右手に白杖《はくじょう》を持ち、左手に傘をさす。
平衡感覚《へいこうかんかく》が微妙《びみょう》にくるう。
雨が傘をたたく音で、外界《がいかい》の音が取りにくい。
水たまりを察知《さっち》する余裕《よゆう》はないので、
ジャブジャブ歩く。

バスに乗っても、
右手に杖《つえ》と傘、左手でつり革《かわ》も大変だ。
雨の日の外出は苦手《にがて》になってしまったけど、
でも、やっぱり雨は好きだなあ。
また新しい雨物語があるだろう。
春はそこまで、
今夜はもう少し、雨の音を聞《き》いていたい。

ヒヤシンス

思いの込《こ》められた手紙が届《とど》く。
窓際《まどぎわ》の水栽培《みずさいばい》のヒヤシンスが、淡《あわ》い紫《むらさき》の花を咲《さ》かせたらしい。
多分僕《ぼく》が見えるのなら、
彼女《かのじょ》は写真を選択《せんたく》しただろう。
見えない僕に伝えるために、
彼女の目はカメラのレンズよりも繊細《せんさい》な描写《びょうしゃ》をおこなった。
僕は見えてる頃《ころ》、
本当に心を動かされる景色《けしき》は、
写真には残さない主義《しゅぎ》だった。
努《つと》めて、瞼《まぶた》に焼《や》き付けることを試《こころ》みた。
そして、どうしても思い出せなくなったら、また足を運べばいいと考えていた。
記録《きろく》は色あせない。

記憶《きおく》は朽《く》ちていく。
朽ちていくから美しい。
美しいものには命がある。
僕の心の中で、ヒヤシンスは見事《みごと》な花を咲かせた。

波

春のうららかな陽光《ようこう》の中、砂浜《すなはま》に寝《ね》そべる。
波《なみ》の音が、僕《ぼく》を包《つつ》む。
僕の身体を包む。
僕の 魂《たましい》を包む。
見えてる頃《ころ》、
数え切れないくらい波の音を聴《き》いたのに、
ザァー、ザァーと繰《く》り返すものだと勝手《かって》に思い込《こ》んでた。
ザー、ザァー、ザァァー、ザァ、ザワーザワワ、
決して規則的《きそくてき》でないことに初《はじ》めて気付いた。
この音楽を、地球《ちきゅう》は何万年も奏《かな》でてきたんだ。
いや、何億年《なんおくねん》かもしれない。
ちっぽけだよなあ、人間なんて。

水面《みなも》を春の光がキラキラと反射《はんしゃ》しているのだろう。
それも、きっとランダムなんだ。
ゆるやかな時の流れが心地《ここち》いい。
いや、時なんて、ないのかもしれない。
見えなくなると、耳が良くなるかと聞《き》かれることがある。
そんなこと、あるはずがない。
ただ、見えないものを見たいという気持ちが、
残っている感覚《かんかく》を精一杯《せいいっぱい》使おうとするのだろう。
本来《ほんらい》、五感《ごかん》は、それぞれを尊重《そんちょう》して、
お互《たが》いに遠慮《えんりょ》し合っているのかもしれない。
いい加減《かげん》が、一番生きやすいに決《き》まってる。
だから、上辺《うわべ》だけを見てしまったり、
聞いた気になったり。
京都にもやっと、視聴覚障《しちょうかくしょう》がいの重複《ちょうふく》障がい者の会が発足《ほっそく》した。
全国に三万人とも言われる。

見えない、聞こえない、僕には想像《そうぞう》できない。
でも、大切なことは、知ること。
理解《りかい》は、いつかきっと、共感《きょうかん》につながる。
映像《えいぞう》も音もない世界で感じる波もあるに違《ちが》いない。
ひょっとしたら、それが一番、真実《しんじつ》に近かったりして。

新緑

しょっちゅう歩いてる道を、数日ぶりに歩いたら、
突然《とつぜん》、木《こ》の葉が顔《かお》にあたった。
ついこの前まではなかったのに、この雨と暖《あたた》かさで茂《しげ》ったんだ。
それに気付いたら、うれしくなって、
生き生きとした葉っぱを手で触《さわ》ってみる。
匂《にお》いをかいでみる。
緑色《みどりいろ》の匂い。
命の躍動《やくどう》が伝わってくる。
心の中を、爽《さわ》やかな薫風《くんぷう》が吹《ふ》き抜《ぬ》けた。
新緑《しんりょく》が頭の中一杯《いっぱい》にひろがった。
「目には青葉……」
よし、今夜は、鰹《かつお》のタタキを食べよう。

シクラメン

朝目を覚《さ》ますと、僕《ぼく》は南側の窓《まど》のカーテンを開《あ》ける。
窓際《まどぎわ》には冬が始まる頃《ころ》にどこかのバザーで買《か》った、
ミニシクラメンの鉢《はち》植《う》えが置《お》いてある。
朝の光のまばゆさは僕には確認《かくにん》できない。
でも、そっとシクラメンを撫《な》でる僕の手の甲《こう》にあたる微《かす》かなぬくもりが、
それを教えてくれる。
形状《けいじょう》も触感《しょっかん》もとても地味《じみ》な感じの葉っぱの間から、
これまた決《けっ》してスマートとはいえない茎《くき》がスルスルと出て、
その先に少し湿《しめ》り気《け》のある花びらがつつましく息《いき》づいている。
とても優《やさ》しい。
本当の優しさは、少し濡《ぬ》れていて、つつましやかで、
今にも落ちてこぼれてしまいそうな脆《もろ》さと強さを兼《か》ね備《そな》えているのだろう。

こんな人になりたいな。
実は、僕はこの花の色を知らない。
聞《き》いたのかもしれないけど、憶《おぼ》えていない。
でも、それはどうでもいいことなんだ。
乳白色《にゅうはくしょく》の日もあれば、ショッキングピンクの朝もある。
透明《とうめい》な時もあるのだ。
僕はシクラメンを見ているし、シクラメンは僕に語りかけてくれている。
それでいいんだ。
冷たい空気の中のこの優しさに、僕は尊敬《そんけい》の念《ねん》さえ抱《だ》いているのだ。
春はまだ先、もうしばらくは楽しめそうだな。

清水寺

参道《さんどう》の坂道《さかみち》を上《のぼ》って行くと、
両側《りょうがわ》にお土産屋《みやげや》さんが立《た》ち並《なら》び、客引《きゃくひ》きの声がする。
季節《きせつ》はずれの風鈴《ふうりん》の音が、ここでは自然《しぜん》なのだろう。
お香《こう》の香《かお》りがここあそこに漂《ただよ》っている。
八つ橋の香りが溶《と》け合ったりしている。
人の足音にも規則性《きそくせい》がなく、独特《どくとく》の風情《ふぜい》をかもし出している。
坂道を上りきり、幾《いく》つかの階段《かいだん》を上《あ》がると、境内《けいだい》の入り口に着く。
障《しょう》がい者《しゃ》と介助者《かいじょしゃ》は入場無料《むりょう》になっている。
相場は半額《はんがく》だから、それなりの姿勢《しせい》を持っておられるのだろう。
有《あ》り難《がた》いことだと思う。
本殿《ほんでん》で手を合わせ、入場料がわりの賽銭《さいせん》を放《ほう》り込《こ》む。
随分《ずいぶん》と上ったから、舞台《ぶたい》の高さが感じられる。

舞台のあたりは、意外《いがい》と混んでない。
二百数十年振《ぶ》りという仏像《ぶつぞう》の開帳《かいちょう》も行われており、
そちらに人は流れているのだろう。
二百年か、そういう単位《たんい》の時間、いいな。
ふと、昔《むかし》見たバルセロナのサグラダ・ファミリア教会《きょうかい》の、
とうもろこしみたいな映像《えいぞう》が蘇《よみがえ》る。
人は、時々、歴史《れきし》を感じたくなる。
それは、
その頃《ころ》を記憶《きおく》しているその人の遺伝子《いでんし》の欲望《よくぼう》なんだろう。
舞台から下をのぞき込む。
見える頃、僕《ぼく》は高いところが怖《こわ》かった。
下を見ると、吸《す》い込まれそうな気がして、足がすくんだものだ。
見えなくなってからは、平気《へいき》になった。
やっぱりあれは、画像《がぞう》のせいだったんだな。
遠くで鳴《な》いている鳥の声を聞《き》いたり、

春風《はるかぜ》と遊《あそ》んだりして、とりとめもない時をついばむ。
僕の遺伝子も満足《まんぞく》そうだ。
ふとガイドさんの声が飛《と》び込んできた。
「今までここから飛び降《お》りた人の数は……」
そんな資料《しりょう》さえあるらしいことの方に驚《おどろ》く。
皆《みな》、成功《せいこう》したんだろうか。
僕は自殺《じさつ》など考えたこともないので、その気持ちはわからない。
自殺どころか、いつか必《かなら》ず訪《おとず》れる自然死《し》にでさえ大いなる畏《おそ》れを持っている。
かといって、確固《かっこ》たる宗教心《しゅうきょうしん》も芽生えない。
そうやって煩悩《ぼんのう》とにらめっこしながら、
幻《まぼろし》みたいなものに一喜一憂《いっきいちゆう》しながら生きていくのかな。
凡人《ぼんじん》だなって再確認《さいかくにん》する。
これも悟《さと》りっていうのかな。
この寺には、手で触《ふ》れる仏像が置《お》いてある。
ふれ愛観音《あいかんのん》、精一杯《せいいっぱい》のネーミングに微笑《ほほえ》んでしまう。

友人達の説明《せつめい》を聞《き》きながら、仏様《ほとけさま》を触《さわ》る。
これをここに置こうと考え、努力《どりょく》し、そして置いてくださった人々の、
暖《あたた》かさの方が冷たい金属《きんぞく》を通過《つうか》して伝わってくる。
そんな人々の暮《く》らす国であることに感謝《かんしゃ》する。
長い階段《かいだん》を降《お》りて行くと、水の落ちる音が近寄《ちかよ》ってくる。
この瀧《たき》に触れれば、賢《かしこ》くなれるとか、
今さらって思いが遠慮《えんりょ》する。
池の近くで足を止めた友人が、
頭上に満開《まんかい》の梅《うめ》と、
少し膨《ふく》らみかけた桜《さくら》の枝《えだ》が交差《こうさ》していることを教えてくれる。
冷たい空気の中で、太陽《たいよう》の光だけで咲《さ》いてくれる梅と、
太陽の光で温《あたた》められた空気で咲いてくれる桜と、
そうか、この辺《あたり》、僕の頭の上ぐらいに、
冬の終わりと、春の始まりの境《さかい》があるんだと、
まるでかくれんぼの最後の一人を見つけたみたいな気になって、うれしくなる。

木漏れ日

いつもの道で、ふと左の耳を春が触《さわ》った。
木漏《こも》れ日《び》のぬくもりが足を止めた。
太陽《たいよう》から出た光が、
何万光年《こうねん》の旅《たび》をして、
僕《ぼく》の耳たぶから染《し》み込《こ》んでいく。
なんて暖《あたた》かくて、優《やさ》しいんだろう。
穏《おだ》やかな空気の流れ、
ひかえめな時間の流れ。
白杖《はくじょう》で座《すわ》れる場所を探《さが》してみる。
おあつらえ向きの自然石《しぜんせき》が見つかった。
腰《こし》をおろす。
白杖を地面《じめん》に置《お》いて、木漏れ日を両手《りょうて》に掬《すく》う。

手の中に少年の日が蘇《よみがえ》る。
港《みなと》の堤防《ていぼう》に寝《ね》そべって、
これと同じ光を浴《あ》びた。
透《す》き通るような青い海と白い波《なみ》。
錆《さ》び付いた赤色の灯台《とうだい》。
波の音が聞《き》こえてた。
時々、ポンポン船《せん》のエンジン音も聞こえた。
海鳥《うみどり》の話し声も聞こえた。
少しだけ眠《ねむ》ったのかもしれない。
あれからどれくらいの数の昼と夜を呼吸《こきゅう》してきたんだろう。
あの時、少年は何を考えていたんだろう。
遠くを見てたような気もするし、
何も考えなかったような気もする。
考えることを知らなかったのかもしれない。
今も海は青いんだろうか。

まどろいを子供のはしゃぐ声が引き戻《もど》す。
それさえも微笑《ほほえ》んでしまう。
少しの間に木漏れ日も動いたらしい。
こんな幸せな日、あと何度数えられるのだろう。
沢山《たくさん》あってほしいな。
眠っていた記憶《きおく》の箱に、またしっかりと鍵《かぎ》をかける。

キンモクセイ

キンモクセイの香《かお》りに足が止まった。
あまりの心地《ここち》よさに頭の中が真っ白になった。
香りが全身を包《つつ》んだ。
鼻から入った香りは、血流に溶《と》け込《こ》んで、僕《ぼく》の脳《のう》までを気《け》だるくしてくれる。
風が香りを運んできたのか。
香りが風を呼んだのか。
どっちでもいいか。
今度キンモクセイの香りに出会ったら、そっと目を閉《と》じてみてください。
きっと、とっても幸せな感覚《かんかく》になれます。
嗅覚《きゅうかく》以外はちょっとお休みさせて、
たまには鼻を主人公にしてやるのもいいことです。
香りが貴方《あなた》をとても優《やさ》しい人にしてくれることに気付くはずです。

5章
ポケットティッシュ
≪人間っていいな≫

喫茶店

知らない街角《まちかど》で、休憩《きゅうけい》に立ち寄《よ》った喫茶店《きっさてん》。
老夫婦《ろうふうふ》が二人でやっていた。
流行に左右されない空気が感じられた。
おばあちゃんは、
いや、失礼《しつれい》、ウエイトレスは、
見えなくても一人で出歩いている僕《ぼく》に驚嘆《きょうたん》の声をあげた。
蓄積《ちくせき》された人生のシナリオから、
僕の励《はげ》ましになるような話題を取り出して、
矢継《やつ》ぎ早《ばや》に、僕に浴《あ》びせかけた。
ひとしきり、うんちくを聞き終わった頃《ころ》、
無言《むごん》だったマスターがポツリと言った。
「汚《きたな》いものが、見えなくていいかもしれないね」

もう、汚《よご》れた世界を見ずにすむ。
奇妙《きみょう》な説得力《せっとくりょく》を感じた。
僕は笑《わら》ってうなずいた。
コーヒーを飲《の》み干《ほ》して、
立ち上がろうとした時、
大きなボリュームの選挙《せんきょ》カーが走り抜《ぬ》けた。
あの白い手袋《てぶくろ》は、何を隠《かく》しているんだろうか。
ふと、苦笑《にがわら》いしてしまった。
「近くに来る時あったら、きっと寄ってね」
それまで、二人元気でいてほしいな。

ポケットティッシュ

駅《えき》に着いたバスを降《お》りて、駅へ繋《つな》がる歩道橋の階段《かいだん》を探《さが》す。

そこさえ確認《かくにん》できれば、後《あと》は殆《ほとん》ど鼻歌《はなうた》を歌いながらでも改札口《かいさつぐち》にたどり着ける。

それぐらい慣《な》れたコースだ。

その途中《とちゅう》では、しょっちゅうビラや宣伝用《せんでんよう》ティッシュなどが配《くば》られたり、署名活動《しょめいかつどう》が行われたりしている。

僕《ぼく》が近づくと、殆ど声は止まる。

僕が通り過《す》ぎると、また声は流れ出す。

もう慣れたけど、淋《さび》しさを感じてしまう日常《にちじょう》の一こまだ。

見えてる頃《ころ》、あれだけ不自由しなかったポケットティッシュも、見えなくなってからは駅の売店で買うのもしばしばだ。

多分、白杖《はくじょう》をついた僕に声をかけるのはためらわれるのだろう。

かけていいのだろうか。

どうやって、ビラやティッシュを渡《わた》せばいいのだろう。

署名なんて失礼《しつれい》。

本当は、手があるから、手に渡してもらえれば何の問題もない。

署名だって、代筆《だいひつ》してもらえばいいことである。

僕の指をとって、場所さえ教えてもらえれば、名前ぐらいは書ける。

たいしたことじゃないんだけどなあ。

宣伝用のティッシュをもらっても、印刷《いんさつ》されている内容は判《わか》らないから、本来《ほんらい》の目的からすれば、意味はないのかもしれないが、渡す時の判断《はんだん》がそこにあるとも思えない。

今日《きょう》もいつものように歩いていると、何かが配られているのが判った。

数メートル近づいたところで、声は止まった。

僕はお人よしなのか、何か仕事の邪魔《じゃま》をしてるみたいな感覚《かんかく》にもなり、少しだけスピードをあげた。

通り過ぎたかなと思った瞬間《しゅんかん》、

「ティッシュどうですか？」と女性《じょせい》の控《ひか》えめな声がした。

気持ちの準備《じゅんび》もできてなかった僕は、一瞬《いっしゅん》たじろぎ、それから、
「ありがとう」と言いながら左手を差し出した。
僕の手のひらにティッシュが一個《いっこ》載《の》せられた。
僕はうれしくて、
「久《ひさ》し振《ぶ》りに貰《もら》えたよ。ありがとう」と本音《ほんね》をつぶやいてしまった。
彼女《かのじょ》は、今度は笑い声で「じゃあ、もう一個」と言いながら、
ティッシュをもう一つ、僕の手に載せた。
僕は再度「ありがとう」と告《つ》げて改札へ向かった。
彼女はまたティッシュ配りを始めたらしく、
背中越《せなかご》しに明るい声が響《ひび》いていた。
心なしか、彼女の声も先ほどよりも元気に聞こえた。
ポケットの中の二個のティッシュを触《さわ》りながら、
とてもうれしい気分《きぶん》になった。
ティッシュがうれしいんじゃない。
僕にもくれたこと、

小さな勇気《ゆうき》を出してくれたこと、
そのぬくもりがうれしかった。
それにしても、ティッシュで、
あんなに心のこもったありがとうを言う通行人も、
珍《めずら》しいだろうな。

戦争反対

どんなに格調《かくちょう》高い大義名分《たいぎめいぶん》を振《ふ》りかざされても、
もっともらしい概念《がいねん》を聞《き》かされても、
進歩的《しんぽてき》にも見えかねない横文字を並べられても、
僕《ぼく》は戦争反対《せんそうはんたい》です。
特別な宗教観《しゅうきょうかん》やイデオロギーではありません。
戦《たたか》いがおこれば、人が死《し》にます。
父や母や、妻《つま》や子供や、友人や恋人達《こいびとたち》が悲しみの涙《なみだ》を流します。
戦いはそのうち終わるでしょう。
でも、戦いで右足を失った人は、左足だけで、
それからの数十年を生きていかなければなりません。
目を失った人は、
死ぬまで闇《やみ》の世界から逃《のが》れられません。

どんな平和が訪《おとず》れたとしてもです。
敗北《はいぼく》の後《あと》にも、勝利の陰《かげ》にも、
必《かなら》ず傷《きず》あとを引きずらなければならない人達が出ます。
僕は視覚障《しかくしょう》がい者《しゃ》です。
だから、あえて訴《うった》えます。
闇夜《やみよ》の国で生きるより、
溢《あふ》れる光の世界で暮《く》らすのが、
どんなに幸せなことか。
そんな幸せを破壊《はかい》してまで、
人は戦わねばならないのですか。
それが人間の最高の英知《えいち》ですか。
僕は戦争反対です。

メルトモ

ある友人からのメールはすべてひらがなだ。
彼《かれ》は先天盲《せんてんもう》で漢字は苦手《にがて》だと言う。
その代わり、点字《てんじ》を読むのも書くのも僕《ぼく》の数倍のスピードだ。
その彼とのやりとりは、もっぱらパソコンのメールを使っている。
パソコンにスクリーンリーダーという、
画面《がめん》の活字を音声化《おんせいか》するソフトを入れているのだ。
こういうことを科学《かがく》の進歩だというのだろう。
それまで、点字でしかできなかった活字のやりとりを一般《いっぱん》文字で可能にしたのだ。
見える人とも見えない人とも自由にやりとりができる。
最近できた友達は、目も見えないし、耳も聞《き》こえない。
でも、メールのやりとりはとても自然《しぜん》だ。
彼女《かのじょ》のパソコンには活字を点字に変える機械《きかい》をつないであるらしい。

しかも彼女が住んでいるのは、僕の住んでいるところからは、
列車《れっしゃ》で何時間もかかる場所だ。
あらためて、この機械を創《つく》り出した人間の英知《えいち》に感激《かんげき》してしまう。
男性とも女性とも、
日本人とも外国人とも、
見える人とも見えない人とも、
沢山《たくさん》の人間とメルトモになりたいな。

メリークリスマス

クリスマスが近づいた年の瀬《せ》の繁華街《はんかがい》を歩く。
あちこちから流れてくるクリスマスソングが身体《からだ》に染《し》み込《こ》んでくる。
きっとショーウインドウにはイルミネーションが輝《かがや》いているんだろう。
淋《さび》しさと暖《あたた》かさが同居《どうきょ》しているような、
何とも言えないこの空気はいい。
雑踏《ざっとう》はあまり好きではないけれど、
この空気は何故《なぜ》か懐《なつ》かしさみたいなものを感じさせてくれる。
足早《あしばや》に通り過《す》ぎる人の足音。
若い恋人達《こいびとたち》の笑《わら》い声。
紙袋《かみぶくろ》を抱《かか》えた子供のはしゃぐ声。
僕《ぼく》は一人で歩いているのに、
何もかもに微笑《ほほえ》んでしまう。

誰《だれ》の頭上《ずじょう》にも、
平等《びょうどう》にクリスマスソングが降《ふ》りしきる。
平和であることに、
白杖《はくじょう》をつきながらでもこの空間に存在《そんざい》していられることに、
僕は自然《しぜん》に感謝《かんしゃ》してしまう。
すべての人々にメリークリスマス！
そう、どこかで悲しみや苦しみと向かい合っている人たちにも。

バイクの少年

少年は笑《わら》いながら、僕《ぼく》にヘルメットを手渡《てわた》した。
僕の手をとって、後部《こうぶ》シートを触《さわ》らせた。
バイクにまたがった僕の足首を持って、足を足乗せに乗せた。
それから、少年はバイクにまたがると、エンジンをかけた。
一気《いっき》に風が踊《おど》り始めた。
爽快感《そうかいかん》が全身を包《つつ》む。
何年ぶりだろうか、勿論《もちろん》見えなくなってからは初《はじ》めてだ。
少年は僕と知り合って、見えないから何ができないかではなくて、
何ができるかという発想《はっそう》で僕に関《かか》わった。
柔《やわ》らかな発想は、優《やさ》しさに満《み》ちていた。
正しい認識《にんしき》、それが共感《きょうかん》につながる。
風が止まった。

少年の手が僕のヘルメットをはずした。

「ありがとう、また、乗せてくれよ」

僕はリュックサックから折りたたみ式白杖《はくじょう》を出して歩き始めた。

「また、きっと、いつか」

少年はそれだけ言い残《のこ》すと、エンジン音と共《とも》に消えていった。

6章
視　線
≪希望を見つめて≫

シックスセンス

視覚《しかく》、聴覚《ちょう》、嗅覚《きゅう》、味覚《み》、触覚《しょっ》を五感《ごかん》という。
人間は五感を使って情報《じょうほう》を入手《にゅうしゅ》する。
情報の八割《わり》は視覚からだというから驚《おどろ》きだ。
視覚障《しょう》がいは情報障がいといわれる所以《ゆえん》である。
弱視《じゃくし》、全盲《ぜんもう》によって、その割合《わりあい》は異《こと》なるのだが、
さしずめ、かろうじて光を感じるだけの僕《ぼく》は、
七割ぐらいを失っているのだろう。
視覚障がい新米《しんまい》の頃《ころ》、仲間《なかま》と旅《たび》をしたことがある。
その中に、全盲歴《れき》四十年という女性《じょせい》がいた。
彼女《かのじょ》は、ホテルのロビーのソファに腰掛《こしか》けて、
「天井《てんじょう》が高くて気持ちいいなあ」と言った。
半信半疑《はんしんはんぎ》の僕は見える人にたしかめた。

やっぱり天井は高かった。
僕は唖然《あぜん》とした。
どうして、わかるんだろう。
彼女はそれ以外《いがい》にも、見えないことは何の問題《もんだい》でもないように旅を楽しんでいた。
畏敬《いけい》の念で彼女を感じたものだ。
ところが、最近《さいきん》、僕にも似たような感覚《かんかく》が宿《やど》るようになってきた。
白杖《はくじょう》で歩き始めた頃は、いつもの駅《えき》の改札《かいさつ》を出て、
バスターミナルへの曲《ま》がり角《かど》を必死《ひっし》で探《さが》してた。
白杖、触覚を使ってである。
一年が経過《けいか》したぐらいから、いつのまにか、問題なく曲がれるようになった。
曲がり角にさしかかった時、
微妙《びみょう》な空気の流れみたいなものを感じるのだ。
空間を察知《さっち》するのだ。
周《まわ》りの人からは、まるで見えているような動きだろう。
初《はじ》めての場所でも、

前方にある壁《かべ》のような障害物《しょうがいぶつ》は、
何となく判《わか》る時がある。
圧力《あつりょく》みたいなものを感じる。
見えてる頃にはなかった感覚だ。
勿論《もちろん》、百発百中《ひゃっぱつひゃくちゅう》でもないし、
どの部分で感じているのかも判らない。
でも、決《けっ》して単《たん》なる勘《かん》でもないし、五感でもない。
このまま永《なが》く全盲を続《つづ》ければ、
何か予知能力《よちのうりょく》みたいなものが身につくんじゃないかと、
少し楽しみになってきた。
ハリーポッターみたいになったらどうしよう。
どこかのサーカスでも雇《やと》ってくれるかな。

声の記憶

親《した》しげに、僕《ぼく》の名前《なまえ》を呼んで、
その人は話し始めた。
確《たし》かに、聞《き》き覚《おぼ》えのある声だ。
でも、名前が出てこない。
前、どこで会ったんだっけ。
弾《はず》む話に相《あい》づちをうちながら、
いろいろな場面を思い起こして、
記憶《きおく》をたどるけれども、やっぱり名前が思い出せない。
誰《だれ》でしたっけと問い返すには、もうタイミングを逸《いっ》してしまってる。
失礼《しつれい》のないように、上手《じょうず》にとりつくろって、その場を離《はな》れた。
よくあることである。
見えてる頃《ころ》、何度かお会いすれば、

たいがいの人は憶《おぼ》えた。
髪《かみ》の毛が長いとか、ネクタイが似合《にあ》ってたとか、
笑顔《えがお》が素敵《すてき》だったとか、年より若く見えたとか、
そう、目から入ってくる情報《じょうほう》が記憶を助けてた。
それが、今は、声だけで認識《にんしき》しなければならない。
声だけで記憶するのは至難《しなん》の技《わざ》だ。
数回しか会ったことがないとか、
久《ひさ》し振《ぶ》りに会ったという場合、
それで認識するのは無理《むり》である。
視覚《しかく》を失って、記憶力が落ちたわけでもない。
見えてる頃、特別よかったわけでもないが、最近取り立てて落ちたわけでもない。
画像《がぞう》のない記憶って、やっぱり記憶への書き込みが薄《うす》いのだろう。
見える人が数回でこっちを憶えても、
その反対は成立しないということを理解してください。
これは、あきらかに視覚の問題《もんだい》です。

でも、男性よりも、女性をはやく憶えがちなのは、
これは何の問題なのか、
自分でもわかりません。
あしからず。

線香花火

息《いき》を殺して、
持ち手が動かないように、
ただじっと、ただじっと。
パサパサパサパサ、
松葉《まつば》が心の中に映《うつ》し出される。
パサッ、パサッ、パサッ、
火薬《かやく》の匂《にお》いが夏に似合《にあ》う。
シャッ、シャッ、シャッ、
最後の柳《やなぎ》、やさしいなあ。
火玉、もうちょっと落ちないで、もうちょっとだけ。
わずか数秒間のドラマチック。
こんな微《かす》かな音と、こんな微かな匂いが、

見えない僕《ぼく》に映像《えいぞう》を与えてくれた。
見えなくても見えるもんなんだ。
うれしいね、線香花火《せんこうはなび》。

雪の情景

朝から雪が舞《ま》っていた。
街《まち》を歩くと、顔にあたった。
条件反射《じょうけんはんしゃ》のように、胸《むね》が高鳴《たかな》る。
南国《なんごく》で生まれ育ったせいだろうか。
雪の白さのせいだろうか。
冷《つめ》たさのせいだろうか。
見えないことは、時として、最高のシチュエーションを創《つく》り出す。
僕《ぼく》と白い雪の間に何も邪魔《じゃま》する映像《えいぞう》はない。
ふっと立ち止まり、顔にあたる雪に神経《しんけい》を集中《しゅうちゅう》させる。
勢《いきお》いよく僕に飛《と》びかかった雪は、
まもなく結晶《けっしょう》の姿を崩《くず》しながら消えていく。
真っ白なメッセージが僕を包《つつ》む。

冷たい使者《ししゃ》が洗礼《せんれい》を始める。
四十六年も人間をやっていると、随分汚《ずいぶんよご》れちゃうのかな。
降《ふ》り注《そそ》ぐ雪がどんどん僕を洗浄《せんじょう》していく。
見るという行為《こうい》、見えるという認識《にんしき》、見たという経験《けいけん》。
何のために、誰《だれ》のために。
人間が五感《ごかん》で得《え》る情報《じょうほう》なんて、
いい加減《かげん》なものかもしれない。
今朝《けさ》見た記憶《きおく》、確《たし》かですか？
僕は確かです。
真っ白な雪の中に佇《たたず》んで、そして確かに生きている僕を見ました。

夢

久《ひさ》し振《ぶ》りに夢《ゆめ》を見た。
科学的《かがくてき》には、人間《にんげん》は毎晩《まいばん》夢を見て、
ただそれを記憶《きおく》してるかしていないかだけのことらしいが、
僕《ぼく》は殆《ほとん》ど毎日、記憶喪失《そうしつ》で朝を迎《むか》える。
よく遊び、よく食べて、ぐっすり眠《ねむ》るという楽天家《らくてんか》のせいだろう。
夢の中で、僕は友人と歩いてた。
道のあちこちに数日前の雪が残《のこ》ってた。
何故《なぜ》か全く汚《よご》れていず、新雪《しんせつ》のような白さだった。
空は真《ま》っ青《さお》なのに、山の横に月が出ていた。
不思議《ふしぎ》な光景《こうけい》だった。
笑《わら》いながら、そしてとりとめもない話をしながら、僕達は歩いた。
これも不思議なことだが、夢の中では情景《じょうけい》の中に自分の姿《すがた》がある。

オニヤンマの目ではあるまいし、自分の姿が見えるはずはない。
でも、見えてる頃《ころ》も、見えなくなってからも、
夢の中のいろいろなシーンに自分が見える。
それも白い杖《つえ》を持って登場《とうじょう》するから笑ってしまう。
僕的には結構《けっこう》さまになっている。
目覚《めざ》めしで夢から覚《さ》める。
形も色もない世界が始まる。
人間は失《うしな》ってみて、初《はじ》めて心からその大切《たいせつ》さを知る。
手も足も耳も目も、健康も、友人も、恋人も、家族も、時間も、平和も。
あたりまえに存在《そんざい》すること、それは決《けっ》してあたりまえではないのに。
あたりまえに動く手に感謝《かんしゃ》、あたりまえに吸《す》える空気に感謝、
あたりまえに感じられる自分に感謝。
でも、神様《かみさま》、今度の夢はもうちょっと先まで見させてください。
せっかく、いいとこだったんだから。

がんばれ、タイガース

僕《ぼく》は三十年近く、阪神《はんしん》ファンをやっている。
その間に優勝《ゆうしょう》したのは、去年と二十年前の二回だけ。
それでも、とても人間《にんげん》っぽいチームカラーにひかれてしまう。
子供の頃《ころ》は、巨人《ジャイアンツ》しか知らなかった。
地方では、巨人戦しかテレビ放映《ほうえい》がなかったせいだと思う。
初めて球場《きゅうじょう》に足を運んだのは、十八歳の時、
東京の後楽園《こうらくえん》球場、パリーグのナイターだった。
友人と二人で外野席《がいやせき》に陣取《じんど》った。
どうして、人間が、あんなに速い球を投げられるんだろうって驚《おどろ》いたし、
それを、どうして打てるんだろうって驚いた。
プロって、すごいなあと感心した。
友人は、朴訥《ぼくとつ》な男で、缶《かん》ビールを片手に、

夜の球場って、海の底みたいだと呟《つぶや》いた。
カクテル光線《こうせん》の中の球場は、まさに海だった。
関西に住むようになって、ごく自然《しぜん》に阪神を応援《おうえん》し始めた。
甲子園《こうしえん》にも、何度も足を運んだ。
見えなくなっても、阪神ファンに変わりはない。
今でも、球場に足を運ぶこともある。
見えてる頃と比べると、ファールボールが飛《と》んでくると怖《こわ》い。
画像《がぞう》はないのだが、やっぱり球場に行くと、楽しくなる。
雰囲気《ふんいき》は肌《はだ》で感じるものだと言うが、あれは本当だ。
いつもは、テレビやラジオで観戦《かんせん》する。
テレビはやっぱり画像が中心なので、
忠実《ちゅうじつ》な解説《かいせつ》はしてくれない。
かといって、ラジオは誇張《こちょう》した中継《ちゅうけい》が多くて、
肩透《かたす》かしをくうことが多い。
ライトバック、バック、打球《だきゅう》が伸びる、

ライト、振り向いてキャッチ、という具合《ぐあい》である。
ついつい希望《きぼう》を持たせて、へこまされるので、ずっとラジオだと疲《つか》れる。
一長一短《いっちょういったん》って感じかな。
最近《さいきん》の選手の顔《かお》は判《わか》らないけど、
試合を応援し始めれば、
それは、何の問題《もんだい》もない。
主役《しゅやく》は、やっぱりボールなんだと思う。
連覇《れんぱ》をなんて思いながら、
どこかで、まさかと思いながら、
そんなはずはないなんて思いながら、
きっと今年もまた、応援してしまうんだろうと思います。
そして、年に一度ぐらいは、
あのカクテル光線の海の中へ出かけたいと思います。
がんばれ、阪神タイガース！

阪急電鉄・桂駅

仕事柄《しごとがら》、僕《ぼく》は殆《ほとん》ど毎日外出する。
日常的《にちじょうてき》に公共交通機関《こうきょうこうつうきかん》を利用する。
当然《とうぜん》、地元の阪急電鉄桂駅《はんきゅうでんてつかつらえき》は利用頻度《りようひんど》が高い。
この駅は、僕にとっては、快適《かいてき》な駅だ。
駅の構造《こうぞう》は、だいたい頭に入っているので、
日常、特別困《こま》ることはない。
あえてあげれば、帰路《きろ》の際《さい》、
電車から降《お》りた自分の場所が認識《にんしき》できなくて、困ることが時々あるくらいだ。
階段《かいだん》下に入《はい》り込《こ》んで、方向を間違《まちが》えるのだ。
でも、これも、もう慣《な》れているので、修正《しゅうせい》可能である。
この駅のホームに立っていると、
定期的《ていきてき》にアナウンスが聞こえてくる。

「黄色い点字《てんじ》タイルは、目の不自由な方々の大切《たいせつ》な道しるべです。点字タイルの上に、荷物《にもつ》などを置《お》かないでください」

現実に、視覚障《しかくしょう》がい者《しゃ》のこの駅の利用率は一％にも満《み》たないはずである。

それでも、毎日案内テープは流れている。

そして、駅員さんは僕達を見かけると、しょっちゅう声をかけてくださる。

「お手伝い、しましょうか？」

手引《てび》きも、ほぼ完璧《かんぺき》で、どこかで講習《こうしゅう》を受《う》けたことがうかがえる。

こうして、沢山《たくさん》の公共交通機関を利用していると、
いろいろなものが見えてくる。

それぞれの会社の姿勢《しせい》、輸送《ゆそう》に対する考え方などが伝わってくる。

立派《りっぱ》なエレベーターを設置《せっち》しながら、それが、どこにあるか判《わか》らない駅。

サポートを依頼《いらい》したら、面倒《めんどう》くさそうに対応《たいおう》する係員、
サポートの方法さえ知らない係員、
言い出したら、きりがない。

確《たし》かに、バリアフリーは時代の波《なみ》だ。

ただ、それが、設備《せつび》や機能《きのう》だけの整備《せいび》になっても、
あまり意味がない。
公共交通機関の正しい概念《がいねん》を持った人達が運営《うんえい》しているかが、
最大のポイントだと思う。
高齢者《こうれいしゃ》や障がい者に利用しやすいということは、
それは、当然、一般の人々にも優《やさ》しいはずである。
ちなみに、今のところ、桂駅にはエレベーターはない。*
それでも、とても安全で、利用しやすい駅と感じてしまう。
ただ、車椅子《くるまいす》の人達のことを考えると、
一日でも早く、設置されてほしいとは思う。
今日《きょう》も、点字タイルに沿《そ》って、改札《かいさつ》を出ようとしたら、
「おおきに、気をつけて」
いつものように、声がかかった。
「おおきに」　僕も、いつも心を込めて、返答している。

＊　二〇〇四年三月、バリアフリー化で、桂駅にエレベーターが設置されました。

視線

どうして見えないのに、眼球《がんきゅう》が動くの？って聞《き》かれた。
その子の説明《せつめい》によれば、
テレビドラマに出てくる視覚障《しかくしょう》がい者《しゃ》は皆《みな》、眼球が動かないらしい。
僕《ぼく》が子供の頃《ころ》見た座頭市《ざとういち》は、確《たし》か白目《しろめ》をむいてギョロギョロしてたっけ。
その頃の僕は、見えない人は皆、座頭市みたいなのだろうと勝手《かって》に解釈《かいしゃく》してた。
だから、その子の質問《しつもん》はもっともだと思った。
実際《じっさい》、僕の仲間《なかま》には事故《じこ》などで眼球を失《うしな》い、義眼《ぎがん》を入れている人もいる。
しかし、数でいえば、眼球はあるけれど見えないという人が圧倒的《あっとうてき》に多い。
眼球を失っている僕の友人は、見えなくてもあった方がいいと言う。
僕自身は、たいして気にもしていない。
見る道具《どうぐ》としては、もう全く用をなさないのだから、
どっちでもいいと思っている。

ある友人は、緑内障《りょくないしょう》で失明《しつめい》したのだが、
全く見えない目にしょっちゅう目薬《めぐすり》をさしている。
眼圧《がんあつ》をコントロールしているのだそうだ。
時々、取ってしまった方が楽なのかなあ、なんてもらしている。
大切なことは、いろいろあるってことを知ってもらうことだろう。
そういう意味では、
昨今《さっこん》の同じ切り口しか持たないメディアの報道姿勢《ほうどうしせい》は怖《こわ》くなる。
眼球があるがために困《こま》ることもある。
時々、視線《しせん》が合ったと言われて苦笑《くしょう》することがある。
目の働《はたら》きということからすれば、
この視線というものは、とても大切なものだ。
お互《たが》いの意思《いし》を一瞬《いっしゅん》に確認《かくにん》したり、
合図《あいず》を送ったり、
時には怒《いか》りや悲しみを発信《はっしん》したり……。
言葉以上の力を発揮《はっき》することさえある。

視線を合わすことはできないけれど、
いつも思いを込《こ》めて暗闇《くらやみ》の向こうを見据《みす》えていたい。
希望《きぼう》を見つめられる視線でありたいと思う。

あとがき

少年時代の僕《ぼく》は、友人と遊んでいて、ビー玉を見失ったり、夜間の行動がとりにくくなったりすることがありました。不思議《ふしぎ》に思った両親は、一日がかりで遠くの大学病院に僕を連れて行き、そこで網膜色素変性症《もうまくしきそへんせいしょう》という難病《なんびょう》であることが判《わか》りました。十歳前後の頃《ころ》だと思います。

しかし、それ以上目に見えて変化があるわけでもなく、その後の僕は、それなりに普《ふ》通《つう》に生活してきました。思春期《ししゅんき》の頃には、病名の重たさに悩んだこともありましたが、変化を確認《かくにん》できない症状《しょうじょう》と時間は、少年時代に聞いた失明《しつめい》という言葉を忘れさせるには十分でした。穏《おだ》やかな、平凡な人生をおくれればいいと思っていました。いや、おくれると思っていました。

実際《じっさい》、高校生の頃から二十年以上、眼科医とも縁がありませんでしたが、三十五歳を過ぎた頃から、少しずつ目に違和感《いわかん》を感じ始め、三十九歳で仕事をやめる頃には、移動《いどう》にさえ不安を感じるようになっていました。

それから一年間、京都ライトハウスでいろいろな訓練《くんれん》を受けましたが、修了《しゅうりょう》する頃には、もう殆《ほとん》ど見るということはできなくなっていました。

それでも、訓練のかいあって、失いかけていた行動の自由、点字《てんじ》やパソコンでのコミュニケーション手段《しゅだん》は獲得《かくとく》できました。

そして、見えてた頃の僕も、見えなくなってからの僕も、変わらない僕であることも確認できました。

ただ、見えない僕が、再度社会参加しようとすると、それはとても大変なことだと知りました。

なぜだろう？

僕は「見えない」ということが、正確に知られていないことに一番の原因があると思うようになりました。出会う人々が僕の話を聞いてくれて、その人達の変化を感じながら僕は、確信《かくしん》を持つようになりました。

僕達のことを知ってほしい、真実を伝えなければ……。この本に込《こ》められた僕のつぶやきが、そのための道具になってくれればと思います。

もっと伝えたいと思い出した頃、僕は高野嘉子さんに出会いました。

彼女《かのじょ》はたまたま僕達視覚障《しかくしょう》がい者《しゃ》のボランティアをやっていて、出版関係《しゅっぱんかんけい》の仕事をしていたという経歴《けいれき》を持っていました。そして、僕の申し出を快《こころよ》く引き受けてくれました。

活字《かつじ》を使って、未来《みらい》への種蒔《たねま》きをしたいという僕の願《ねが》いをかなえてくださった、法藏館の西村七兵衛社長、高野嘉子さん、そして服部光中さん、オフィス・ユウの田中幸子さん、応援《おうえん》してくださったすべての方に、心から感謝《かんしゃ》いたします。

そして、今、この本を手にとってくださっている、あなた。

ありがとう。

この種を運ぶ風になってください。

理解《りかい》は共感《きょうかん》につながります。

共感は力となります。

そして、力は、未来を創造《そうぞう》すると、僕は信じています。

二〇〇四年初秋　　松永信也

著者略歴

松永信也（まつなが のぶや）

1957年　鹿児島県阿久根市生まれ。
1969年　阿久根市立阿久根小学校卒業
1972年　阿久根市立阿久根中学校卒業
1975年　鹿児島県立川内高等学校卒業
1980年　佛教大学社会福祉学科卒業。
1996年　16年勤務した児童福祉施設を退職。
1998年　京都ライトハウス生活訓練修了。
現在，龍谷大学・京都福祉専門学校・京都ＹＭＣＡ国際福祉専門学校・京都保育福祉専門学院，そのほか高校・大学などで特別講師，非常勤講師を務める。京都府視覚障害者協会副会長。

著書　『「見えない」世界で生きること』（角川学芸），『風になってくださいⅡ』（法藏館）。

風になってください
——視覚障がい者からのメッセージ

二〇〇四年一一月一〇日　初版第一刷発行
二〇二四年　五月二二日　初版第一一刷発行

著者　松永信也
発行者　西村明高
発行所　株式会社　法藏館
京都市下京区正面通烏丸東入
郵便番号　六〇〇-八一五三
電話　〇七五-三四三-〇〇三〇（編集）
〇七五-三四三-五六五六（営業）

印刷・製本　中村印刷株式会社

ISBN 978-4-8318-5613-5 C0095